KB263060

체리와 레모네이드 노을

체리와 레모네이드 노을

허 정 시집

시인의 말

이별 후에

상실감을 잊으려 한동안 바다를 찾았다

바다와 노을을 사랑할수록

고독의 징후는

체리와 레모네이드 노을처럼

붉어지다 서서히 노랗게 어지러워지다

2025년 가을

허 정

차 례

제3부 투명한 풍경

체리와 레모네이드 노을

제1부

노을에 물드는

여수

마음속에 오래 묻어둔

비자금 같은 애인 하나 있다면

여수 밤하늘에만 유독 뜨는

가을별처럼 만나고 싶다

문패도 번지수도 없이

동박새 소리로만 만날 수 있는

밤의 베네치아 호텔

꿈의 정원에서

완도

섬을 찾는다는 것은

둥둥 떠다니는 마음
한 곳에 붙잡아 놓을 곳 없음이라

더 늙기 전에
완도에 와서 살리라

명사십리 백사장에
낙하산도 없이 내리는 장맛비처럼

젖어 들리라
빨려 들리라
스며 들리라

완도 장좌리 장도

장도

이 섬에 유배되고 싶다

낮에는 시의 밥을 건질 낚싯줄을 놓고

밤이 되면

전복 숙회를 안주로 소주 몇 잔 비우리

완도 정도리 구계등

몽돌

너의 빛나는 날카로움과 뾰족함에

파도는 부드러운 채찍을 들어야만 했어

몽돌은 태어난 것이 아니라

만들어진 것

입터·쵸막
→

청산도 1

야야, 얼릉 오서 고치 빨아놓고 차 기다리고 있응게

엄니 지금 손님 태우고 다닝게요

얼릉 오서

야야, 할무니 다른 차 타고 가셨응게 그리아서

청산도를 택시로 돌며 여성 기사와 시어머니의 통화를 엿
듣는다

청산도 2

해당화 키 높이의
낮은 돌담집이 모여 마을을 이루고

구들장 논에
누렇게 익어가는 벼를 바라보는
청산도 사람들

파도가 사납게 몰아치는 날
파도를 닮은
곱창김을 만들어

그날 바다의
이야기를 간직한다

영흥도 장경리

장경리에서

풍차를 돌려라

떠나가는 그대 얼굴이

점점

붉어지게

적벽강

백악기부터 시작된

붉게 퇴적한 그리움의 발등

당신과 나는

절벽과 해안선이 만나는 지점에 있으니

체리의 바다

석모도 가는 길에 만난
바다는 예뻤지요

내비게이션이 길을 잘못 안내해서
하마터면 차가 바다로 들어갈 뻔했지요

차는 주인을 무시하고
풍덩
바다에 빠지고 싶었나 봅니다

강화 낙조

장화리에서
우리 헤어져요

내일은
내일의 해가 떠오르겠죠

오늘 우리의 만남은
여기까지

태안 밤바다

바다를 보러 가자

하염없이 바다를 바라보다가
구안와사에 걸린 두 그루 해송처럼

태안 안면도
밤바다를 보러 가자

변산

변산에 오면
십칠 년 동안을 기다려준 애인을 만난 듯하다

휴대폰도 끄고
노트북도 닫고
파도에게 홀딱 넘어가 딴 살림을 차린다

변산에 오면
시 쓰는 것도 밥 먹는 것도 잊어버리고
애인과 함께 뒹굴 생각만 한다

격포 바닷길

바다로 가는 길이 어디냐고
파도에게 물었더니
돌고 돌아가다 보면
꼬리같이
지느러미같이
동네 삽살개같이
꽁무니를 졸졸 따라온 그 길이
바로 바닷길

메모리즈

바다와 하늘이 서로에게 물드는 시간

붉은 노을이 둘 사이에 한 줄 금을 그을 때

채석강에서 적벽강까지

무지개 노둣돌을 놓아 다가가고 싶었던

강 건너 바다 건너 한 사람 있었네

해남길

길이 여기서 끝나면

하는 수 없이

발길을 돌려야 하는데

모세의

바닷길이 솟아오르는 것은

제2부

물끄러미

참척

엄마, 하늘이 빨갛게 보여

녹우 내리는 하늘공원 봉안당

비가 오나 눈이 오나

0.2평 딸의 방으로 출근부를 찍는

구순의 엄마

길

누군가 앞서 걸어간 길

아나콘다가 비늘을 털며 간 길

대머리처럼 벗겨진 길

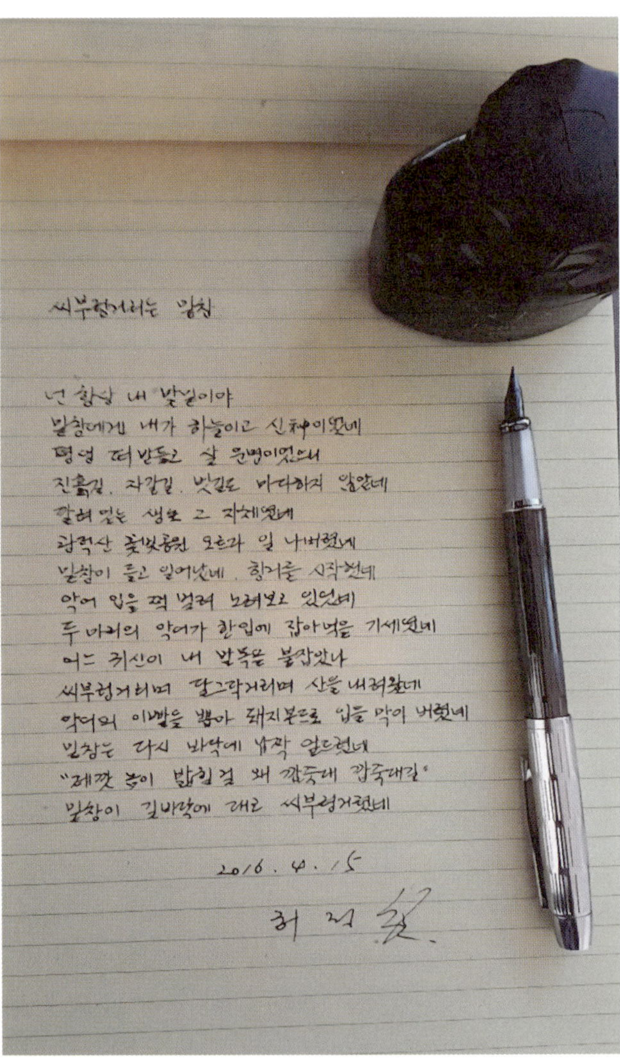

씨부렁거리는 밑창

넌 항상 내 밑길이야
밑창에게 내가 하늘이고 신神이었네
평영 떠받들고 살 운명이었으니
진흙길, 자갈길, 빗길도 마다하지 않았네
알려 없는 생生 그 자체였네
광덕산 둘빛공원 오르다 일 나버렸네
밑창이 듣고 일어났네, 항거를 시작했네
악어 입을 쩍 벌려 노려보고 있었네
두 마리의 악어가 한입에 잡아먹을 기세였네
어느 귀신이 내 발목을 붙잡았나
씨부렁거리며 달그락거리며 산을 내려왔네
악어의 이빨을 뽑아 돼지본드로 입을 막아 버렸네
밑창은 다시 바닥에 납작 엎드렸네
"제깟 놈이 밟힐걸 왜 깝죽대 깝죽대길"
밑창이 길바닥에 대고 씨부렁거렸네

2016. 4. 15

브레이크 타임

원두가 톱니에 맞물려
알갱이에서 가루로 옮겨가는

지구의 시간은
향기롭고 고소하다

아침 이슬의 숨소리
커피포트의 물 끓는 소리

귀로 숨 쉬고
코로 음악을 듣는

돋보기를 쓴 늙은 시인이

파란 손등의 심줄로
연서戀書를 쓰는 시간

에콰도르 킬로토와 호수

나와 나타샤와 당나귀

나타샤는 엄마를 업고

당나귀는 엄마와 나타샤를 등에 태우고

열두 살 소년 가장인 나는

나타샤와 엄마를 태운 당나귀를 끌고

킬로토와 호수 화산재 길을 오른다

펫 오케스트라 장례식장

아빠 나 연주회에 온 것 맞죠?

피아노도 보이고 그 뒤로는 기타가 서 있고

악보대가 보이는데 무슨 곡을 연주할지는 모르겠어요

나는 병원에서 잠을 잔 것뿐인데

잠시 눈을 떠보니 내 몸 위로 흰 천이 덮여 있고

펫 오케스트라라는 글씨가 보여요

아빠 나 지금 자고 있는 것 맞죠?

아니 잠에서 깨어나서 연주회를 준비하고 있는 것 맞죠

나는 무슨 악기를 연주할까요?

아빠는 내가 무슨 악기로 연주하는 것을 보고 싶나요

나는 바이올린이 좋은데 바이올린은 보이지가 않네요

아빠는 소파에 앉아 무슨 서류에 서명을 하고

휴지를 뽑아서 눈물을 닦고 있네요

아빠는 왜 슬픈가요?

내가 연주할 바이올린이 여기에 없어서

아니면 내가 깊은 잠을 자고 있어서

아빠 나 지금 자고 있는 것 맞죠?

잠들기 전에 마지막으로 아빠의 얼굴을 본 것 맞죠?

고독의 징후

낙엽을 쓸고
낙엽을 쓸어 담는다는 것은

생을 다한 마지막 모습을
거두는 일

12월의 아침
싸리비를 두 손에 움켜쥐면

생을 수습하는 장례지도사처럼
숙연해진다

어머니도 내 손으로 거두고
반려견도 내 손으로 거둔

허망하고 잔인한 세월의 굴레

어느 해 갔던 서해 바다의 파도처럼
이별도 한 번에 몰아치는 것이어서

벌목

떡하니 버티고 서 있던

아버지

쿵 하고

쓰러진다

풀의 시간

사형 집행 전
풀에게 주어지는
1분의 시간

그리운 이의 이름을
고해성사를
사랑하는 이에게 고백을

부르르
이승에 남은
마지막 이슬을 털어 내는

풀의 두께와도 같은 시간

반려견 뽀

음~ 하

염화미소를 짓고 있는

저 개, 뽀

소풍

물왕리 저수지에

소풍 나왔다

분홍 연꽃의 무리

길고양이

저수지의 낚시꾼도

양치기 목동이 되어

양떼구름을

북쪽으로 북쪽으로

몰아가고 있다

연꽃의 전설

여름이 오면
연꽃 같은 그 여자 생각나네

푸른 우산 사이
앞 치맛단을 살짝 걷어 올려
찰박찰박 걸어오던

칠월칠석
오작교에서 만나지 못한
견우와 직녀는
물왕리 연꽃으로 피어난다네

연꽃의 전설은
저수지에 오래도록 살고 있는
물뱀만 안다네

어깨 두른 푸른 담벼락 위로
쏙
쏘옥
분홍빛 소두를 내밀고 있는

물왕리 그 여자
만나고 싶네

눌끄러미

물왕리는
물씨 성을 가진
씨족사회

물오른 연꽃
물레방아
물뱀

물주름 잡힌
물빛 하늘과
물빛 구름

물끄러미
물끄러미

서울
長壽
생막걸리
2015. 2. 16
네번째 작품

박설리

이 슬픔은 얼마나 무거운가?

바닥에 깔려 있는 슬픔의 누룩

나는 슬픔을 깨우는 의식을 치른다

거꾸로 몇 번 흔들고 발바닥을 내리친다

막걸리는 체한 듯

쿨럭쿨럭 울음을 토해 놓는다

그 울음 한 사발 마신다

길냥이의 집

길냥이는 오랫동안 잠을 잤다
사과 향이 배어 있는 나무 궤짝 안에서
살이 엿가락처럼 꼬이고 피가 송진처럼 굳어도
하얀 비닐 속에서 썩지 않는 꿈을 꾸며

발톱 달

어머니 새끼발가락을
야금야금 파고 들어가는

구부러진 달이
날카로운 달이

명진요양원
밤하늘 속살을
삭 사각
파고들며

둥글게
둥글게
제 몸을 말면서

제3부

투명한 풍경

풍경 1

바람이 묶어 놓은
붕어 한 마리

대웅전 오가며
하늘에 매달린 경전을 읽는 척

주지 스님은 입맛 쩝쩝
비구니는 침 꼴딱

풍경 2

세밑
풍경 아래를 지나가는 스님

머리카락 없는 바람이 지나가니

딸랑대는
바람의 경문

편백에 든다

송광사 편백나무에 기대어

숲 한번 바라보고

하늘 한번 올려다보고

편백과 편백 사이

편백에 든다

숲에 든다

선운사의 가을

선운사 가을 햇볕은
영글고 영글어서
행자 스님의
머리부터 발끝까지 살펴보는
출가 보낸 어머니의 시선

묵언

열린 듯

다물고 있는

목탁의 입

송광사 스님들은

아내의 얘기가 듣고 싶을 때

목탁을 두드리는구나

모란 동백

모란이 피면 모란을 보러 갔지요

동백이 피면 동백을 보러 갔지요

내 옆에 있던 그녀가 모란인 줄도 모르고

웃으며 떠나간 그녀가 동백인 줄도 모르고

모란을 보러 갔지요

동백을 보러 갔지요

연꽃 무도회

백련과 홍련은
낮에는 누가 볼까 두려워
달빛 이슥한 여름밤
은파 호수공원에서 만난다지

연근 지팡이를 휘리릭 돌리며
무릎 인사를 백련이 건네면
홍련은 꽃잎 드레스를 살짝 치켜올려
가면무도회는 시작된다지

백련과 홍련의 춤은
바람개비 연꽃으로
핑그르르
새벽까지 무도회는 이어졌다지

고흥 녹동항

날개*

33번지 꽃 중의 꽃
아내라는 꽃

나는 아내의 분 냄새에
박제가 되어버린
게으른 새

도둑고양이처럼
아내의 방을 가로질러 가다
문지방에 걸려 넘어지는
나의 시

날자
날자
패러독스가 유영하는 창에서

꽃이 꽃을 팔아 준 돈으로
다시 꽃의 잠자리를 사는
아내의 유곽에서

* 이상의 소설 제목

덜 익은 슬픔

친구야 너는 어디에 생을 벗어 놓았느냐

희로애락을 안면의 털 속에 감춘 견공犬公처럼
상가를 찾은 이들

선홍빛 돼지고기 수육에
새우젓 눈물 한 점 올려
목구멍에 치민 슬픔을 누른다

덜 익은 슬픔도 농염한 슬픔도
남겨진 자의 몫

자네가 싸서 준 슬픔 한 도시락
옆구리에 끼고 길 나선다

바람마저 신발을 신은 채 나가는 허허로운 이곳은
한사람만이 맨발로 와서 버선발로 나가는 곳

도대체 너의 신발은 어디에 벗어 놓은 것인가?
문경 새재 어디쯤인가, 인천의 어느 병원 응급실인가?

친구야 미처 자네가 챙기지 못한 너의 신발
충전해서 다 쓰지도 못한 너의 남은 생을 거두어
방생이라도 시켜주고 싶구나

소녀상

앉아요

내 옆에
앉아줘요

구름아
바람아

달빛과
별빛
머물다간

빈
자리에

해감

이제 말해도 된다
지금은
전생을 마감하는 시간
질척이는 뻘밭에서
어느덧
귀를 간질이는 고향 앞바다
흰 파도 소리 베고 누웠으니
그 유언
소금물에 씻기리니

아버지의 뒷모습

당신은 앞으로 나갈 수도

뒤를 돌아서 오던 길을 되돌아갈 수도 없습니다

당신은 현재의 풍경에 발이 묶여 있습니다

오늘은 V

새는 뒤를 돌아보지 않는다
멀고 먼 길을 날다가
문득 그리워진 하늘 한 점 있다면
먼 훗날 되돌아올 뿐

취기

뉘엇 넘어가는 해의 엉덩이를 잠깐 보았는데
불그레 취기가 올라오는 것을 보니
산자락 어느 술집에 앉아
막걸리 한 사발 걸치고 있는 모양이군

폭설

지금 내리는 눈은

근로계약서를 쓰지 않는다

갑이 없으니 을도 없다

그만 그만 그만

브레이크가 듣지 않는다

아마 그칠 생각이 없는 것 같다

기간의 정함이 없는 근로자다

제4부

가시나무

불두화

석모도를 바라보는

오백 나한상은

바다에서 바라보면

옹기종기 모여 있는

불두화의 얼굴

수원 화성

성은 아무 말이 없었네
장안문도 팔달문도 화홍문도
입을 꾹 다문 채 함구하고 있었네
성곽에 날아든 비둘기만이
칠전문 일곱 갈래 물보라에 적신
무지갯빛 새 발자국 찍으며
사도세자의 넋을 기리고 있었네

도담삼봉

우리 셋

딱 그만큼 거리를 두고 살아요

도담도담

연인보다는 친구 사이로

눈에서 멀어지면 마음도 멀어지니까

딱 그만큼

시흥 갯골생태공원

도미의 아내

— 아랑의 정조*

아랑
아랑
아름다운
나의 아내이자
경국지색
백제의 미인이여
길쌈을 짜고
된장찌개를 끓여 나를 기다리는
온종일 그리운 여인이여
개로왕이 그대의 미를 탐하여
내 두 눈이 뽑혀도 좋으리
대패의 날이 뭉개어지고
목수의 솜씨를 갖다 버려도 좋으리
강화도에서 장님 걸인으로
첫 가을에 갈대 피리를 불며
나는 그대 돌아오기만을 기다리니
그대가 나를 부축하여
백제를 떠나 고구려로 가도 좋으리
목수의 아내
그대의 정조는 고결하여라
나의 아내
도미의 아내
아랑
아랑

* 박종화, 『아랑의 정조』

겨울산

그곳엔 다른 나라가 있었습니다

구름이 내려와 깔려 있는 길

차마 걸음을 옮기지 못했습니다

눈보다 가벼워서

훨훨 날았으면 좋겠습니다

발걸음이 우뚝 멈추었던 설국을 지나가면

그 너머엔

다음 생이 보일지도 모르겠습니다

고사목

나는 너무 오랫동안 세로로 서 있었다
어느 날 누군가 내 몸에 노란 완장을 채우고 갔다
(참나무 시들음병)
나는 얼마 뒤 벌목꾼에게 베어졌다
몸통이 여섯 토막 났다
가로로 몸을 눕힌다
요리조리 뒹굴어도 본다
참 편하다
내가 서 있었던 자리에
토막 나지 않은 햇살이 쏟아진다

눈꽃

눈이 마주쳐야 피는 꽃

내 눈 속에 피어난

너는 꽃이다

눈꽃이다

가시나무

가시야

가시야

뾰족한 마음 거두어라

날짐승 빠져나가고

들짐승 걸어 나가게

울타리 넘어가는 달빛

바짓가랑이 걸려 넘어지지 않게

비문

나무들은 제 몸에 비문을 남긴다
몸을 뒤틀어 껍질을 벗겨 낸 자리에
비와 눈, 바람이 유언을 새긴다

행복한 날들이여
나 여기 오랫동안 서 있었노라
그대 기다리다 늙었노라
선 채로 죽었노라

바윗돌

조선의 정승이 산 아래 마을을 굽어본다
기가 차다
이런 꼴 보려 산에 올랐는가
후손들 살림살이 팍팍하기도 하여
밥 짓는 연기 드문드문하고
따뜻한 등불이 켜져 있는 집
몇 집에 불과하구나
이는 모두 조상인 나의 잘못
머리에 갓 대신 큰 바위 하나 올리고
깨금발 딛고 바람에 몸을 맡겨
천년을 벌서련다

나무꾼

나무꾼의 뒷모습을 본다

사람과
지게와
업혀 가는 잘린 나무

백 년의 시간이 지나가는
12월

발레나무

발레리나인가

발레리노인가

하늘을 향해 벌려진 나무의 가랑이 사이

비행기가 금을 그어놓은 줄을 타고

고무줄놀이하는

참새 몇 마리

기찻길 옆 오막살이 아기 아기 잘도 잔다

사슴뿔나무

나무 밑에는 얼마나 큰 사슴이 살고 있을까?

사슴뿔만 안테나처럼 뽑아놓고

산을 오르는 사람과 짐승의 발걸음 소리

두루 경청하고 있으니

바가지

산길에서 깨진 바가지를 주웠다

바가지엔 눈과 흙이 재갈로 물려 있다

계곡물에 몸을 깨끗이 씻기고

정자에 눕혀 젖은 몸을 햇살에 말린다

바가지는 그제야 열린 입으로 하품을 쏟아낸다

레모네이드 노을

서쪽 하늘엔 당신이 있어

동백이 있고
모란이 있고
노을이 있어

붉음의 절정은 폭발인 것 같아

모란의 폭발
동백의 폭발
노을의 폭발

폭발을 해야 잊을 수 있어
서쪽 하늘을 잊을 수 있어

한 컷 에피파니epiphany와 색채적 기호학

권성훈

한 컷 에피파니epiphany와 색채적 기호학

권성훈

(문학평론가, 경기대 교수)

이제 말해도 된다 지금은

전생을 마감하는 시간

— 「해감」 부분

1

닳음으로 완성되는 섬은 매 순간 날 것으로, 다시 태어난다.
그것도 파도가 칠 때마다 소멸로서 윤곽을 드러내는 섬. 조류에 침식되고 바람에 깎이며 경계가 허물어지는 고유한 방식으로서 출산한다. 더욱이 섬의 현시는 완전함에 대한 영속성이 아니라 시간의 힘에 복종하는 대신 그 흔적을 자신의 몸에 역동적으로 새겨넣는다. 이는 파괴로서 생성을 수행하고 있다는 것을 나타내는. 파도가 '그 유언'이며 전생이 '소금물에 씻기'는 바다에서 '닳는다'는 것은 소멸을 통한 생성을 의미하는 것. 섬의 소멸은 단순히 침식되는 자연 현상을 넘어서 고독한 존재의 생산적 소모로서 있게 한다. 마치 세계라는 망망대해에 고독이 "문패도 번지수도 없이"(「여수」) 있는 것처럼 섬은 익명의 공간 위에 떠 있다. 시인이 문패도 번지수도 없는 "섬을 찾는다는 것은// 둥둥 떠다니는 마음"(「완도」)으로 어쩌면 존재적 본향을 찾아가는 것인지도 모른다. 분명한 것은, 존재의 본질을 회복하려는 의지로서 "한 곳에 붙잡아 놓을 곳 없음"에서 비롯되는 움직임이라는 사실.

물론 섬이 외부와의 단절을 통해 현시되듯이 고독이라는 "섬에 유배되고 싶다"(「장도」)라는 시인의 은폐 의식은 세계와 분리되고 싶은 동일성으로부터 온다. 고독이 인간 표면에 쌓여 있던 허위의식이 마모되어 사라지고 순수성만 남는 것 같이. 섬의 닳음이 고통스러운 자기부정의 과정으로 이 희생적 마모 없이는 자신을 드러낼 수 없다. 섬을 찾아가는 행위는 고독한 여정의 출발로서 "파도가 사납게 몰아치는 날/ 파도를 닮은"(「청산도 2」) 존재가 파도를 향해 항해하듯이. 그 항해는 자신을 닮은 인생이라는 파도에 몸을 싣고 본향을 찾아 떠나는 여행인 것이다.

고독은 침잠해 보이지만 소용돌이치는 내면의 고요가 현출하는 가운데 발생한다. 그럼으로써 일상성을 벗어난 시인은 본래적 실존을 획득하는 것으로 자신의 실존을 선취할 수 있는 동화된 가능성을 보여준다. "하염없이 바다를 바라보다가/ 구안와사에 걸린 두 그루 해송처럼"(「태안 밤바다」) 조응하는 시인의 침전 의식과 섬의 침식 사이 경계의 해체로서 서로의 외피를 벗는 것으로부터 사유가 머문다. 파도에 섬이 닳아 가면서 단단한 한계가 점차 허물어져야만이 도달할 수 없는 지점에서. 시인의 고독은 누구에게도 양도할 수 없는 가장 확실한 자기 존재를 부과시킨다. 거기서 "비늘을 털며 간 길// 대머리처럼 벗겨진 길"(「길」)의 모서리에서 포착하는 시. 경계의 끝에서 도달할 수 있는 가운데 사유를 도출하는 시. 그것도 닳지 않으면 도달할 수 없는 궤도에 있는 시가 바로 허정 시인의 시편들이다.

이번 허정 시인의 시집 『체리와 레모네이드 노을』은 포토포엠Photo-Poem을 매개로 침전과 침식 사이 고요한 정서적 변이를 색채적 기호학으로 현출하고 있다. 포토포엠은 사진과 시의 합성어로 이미지와 텍스트를 병치한 혼종성 예술로 통한다. 그것은 "귀로 숨 쉬고/ 코로 음악을 듣는"(「브레이크 타임」) 사진과 언어로서 결합의 미학이 작동하는 사진—이미지가 시의 구체적인 배경이나 소재가 되고, 시―텍스트는 그 이미지가 되어 전달하고자 하는 내적 의미나 시적 메타포를 완성해 준다. 이런 점에서 색채가 고유 대상을 시각적으로 물들이듯이 허정의 포토포엠은 물들인 대상의 색채 언어를 시적으로 응대하는 데 있다.

제목에서 보이듯이 '체리―레모네이드―노을'의 변주가 색채―이미지로 추출됨으로써 감성적 기호를 생산해 낸다. 이는 색채 이미지로 투과하는 감정의 접점에 대한 동시성(Simultaneity)으로서 사진을 찍는 순간의 감각적 체험이 시적 에피파니epiphany를 유발하게 만든다. 허정은 사물의 구체적인 인상을 직관적으로 한 컷에 포착하여 그것을 기호로 주입하는데 이는 지적 의식과 정서적 반응의 원천으로서 파생된다. 이 감각적 입력으로 지극히 평범한 순간이 돌연 사물의 본질적 의미를 섬광처럼 드러낼 때, 비로소 시적 에피파니가 발생하며 기존 인식을 새로운 언어로 변형시킬 수 있는 것. 그것이 바로 허정이 '포토포엠'을 통해 발휘되는 색채적 변증법을 통한 정서적 변이라고 할 수 있다.

그는 체리의 붉음과 레모네이드의 노랑 그리고 노을의 붉음과 노랑을 희석한 관조적 심상을 통해 서서히 붉어지고 조금씩 노랗게 변해가는 색채 이미지의 지각 과정을 감성의 변이로 도출한다. 여기서 불타오르는 감정의 절정에서 시간이 흐름에 따라 정화되어 가는 의식을 간취하고 있다. 이를 표상하

는 「시인의 말」에서 "바다와 노을을 사랑할수록/ 고독의 징후
는/ 체리와 레모네이드 노을처럼/ 붉어지다 서서히 노랗게 어
지러워지"는 것이 바로 그것이며 이로써 고독의 색채를 기호
학적으로 드러낼 수 있는 것.

2

　　허정의 '정서적 변증법'을 통한 '색채적 기호학'은 들뢰즈의
전언처럼 "세계를 재현하기 위한 양식으로서 경험주의가 아니
라 생명의 의미, 생명 전체의 관점은 생명 안에 어떻게 출현할
것인가"에 대한 문제를 제기한다. "그것이 고유한 사유란 이
런 것이라고 여겨지는, 미리 주어진 이미지들 없이 성실하게
고찰되었다면—비로소 우리는 생명이 언제나 이미지들의 관
계들을 생산하는 가운데 창조적으로 진화해 왔음을 인식할 수
있다. 들뢰즈의 운동—이미지가 행위의 재현에서 근거하고 있
지만 인간적 전제들, 자연적 인과들, 변화하는 상황들의 연쇄
에 따라 연계된 사건들을 본다. 동시에 운동—이미지는 어떠
한 상황이 행위를 촉발하고 또 그와 같은 행위로부터 다른 상
황의 창조를 허용하는 이미지들의 연쇄를 제시함으로써 간접
적인 시간의 이미지를 산출할 수 있다."* 이런 재현 이미지의

---

*　클레어 콜브룩, 정유경 역, 『이미지와 생명 — 들뢰즈의 예술 철학』,
그린비, 2008, 77~78쪽.

연쇄적 작용으로 제시될 수 있는 색채적 기호학은 시인의 정
서적 경험이 일시적 충격에 머무르지 않고, 시간의 숙성을 거
쳐 "허망하고 잔인한 세월의 굴레"(「고독의 징후」)에 도달했음
을 웅변적으로 보여준다.

　고독한 한 컷의 여정을 둘러싼 허정의 시편이 일반적으로
포획된 미적 풍경이 아니라 시인의 내면적 서사가 맺는 미적
종착지로서의 가치를 담아낸다. 그의 미적 종착지는 닳아 없
어지는 섬이 아니라 소모를 통한 '닳음의 역설'을 나타낸다.
지질학적 도상으로서 섬은 '닳아야만 닿는 곳'이라는 명제를
산출하는데, 존재의 닳음은 마찰을 넘어서 궁극적인 목표라는
닿음을 있게 한다. 닳음에서 닿음으로 가는 그의 시적 귀향은
유배지이거나 고독의 장소로부터 자아를 닳아 없앤 후 다다르
고자 하는 장소. 그곳은 고립된 공간을 극복하고, 분리와 단절
이 없는 근원의 상태로 돌아가는 진정한 귀향에 속한다.

　이처럼 닳음에서 닿음으로 완성되는 허정의 시행은 유한한
실체는 언젠가 소멸하지만, 그 섬이 존재했던 기억으로서 "마
지막 이슬을 털어 내는// 풀의 두께와도 같은 시간"(「풀의 시
간」)이 된다. 닳고 사라지면서 그 증언에 닿고 있는 언어로서
의 시어는 때로는 "그리운 이의 이름을/ 고해성사를" 어쩌면
"사랑하는 이에게 고백을" 완성해 가는.

너의 빛나는 날카로움과 뽀족함에

파도는 부드러운 채찍을 들어야만 했어

몽돌은 태어난 것이 아니라

만들어진 것

—「몽돌」 전문

백악기부터 시작된

붉게 퇴적한 그리움의 발등

당신과 나는

절벽과 해안선이 만나는 지점에 있으니

—「적벽강」 전문

몽돌은 단순한 돌멩이가 아니라 영속적인 마찰과 시간의 변화 속에서 존재의 형태가 변형됨으로써 존재의 본질만 남은 것. 그것은 섬과 같이 존재의 본질에 가 닿는 것으로 마모로 인해 형성된 원석에 대한 기호다. 본래적인 형태와 질량이 상

실된 상태에서 알맹이를 드러내는데, 파괴와 닳음이 보여주는
역설적인 결과물인 몽돌. 지속적인 충돌 속에서 저항하지 않
고 얻어진 유선형의 기록으로 삼투된다. 이를테면 돌의 "날카
로움과 뾰족함에// 파도"를 받아들이는 고유한 환경에 순응하
는 가운데 돌이 사라지거나 다시 "태어난 것이 아니라" 몽돌로
"만들어진 것"으로 환원된다. 이 같은 울퉁불퉁한 형태에서
유선적인 변형은 표면의 깎임으로 닳음의 미학을 산출하는 것
으로 존재의 순환과 본질을 향한 회귀라는 점을 시사한다. 그
럼으로써 몽돌의 마모는 '채찍'이라는 폭력적 시간을 견디며
부드러운 조화의 형태로 미학적인 상실에 닳을 수 있게 되는 것.
「몽돌」과 마찬가지로 「적벽강」은 시간의 거대한 힘과 존재
의 마주침으로 새겨진 장엄한 상실의 서사로 나타난다. 이는
있었던 것이 사라지는 상실에의 심상이며 "백악기부터 시작된
// 붉게 퇴적한 그리움의 발등"으로서 붉은 상처로 기억된다.
오랜 세월 동안 축적된 고난의 흔적으로서 닳음은 절벽을 사
라지게 하지만 그 과정에서 드러나는 "붉게 퇴적한" 색채와 감
정의 질감은 존재가 남긴 고통에 대한 '화학적 반응'으로서 닳
음으로 승화된다. 다만 몽돌이 둥글게 닳는 것이 순응이라고
한다면 절벽이 수직으로 닳는 것은 끝까지 형태를 유지하고
보존하려고 버틴 비장미의 다른 말로 "절벽과 해안선이 만나
는 지점"이 된다.

3

허정의 시편이 조화로운 생명이 교환되고 순환하는 가운데 '역동적인 닮음'이 있고 새로운 '공존으로서 닮음'이 존재하기도 한다. 그것에의 경계는 생성과 포용으로서의 화해와 공존을 의미하는데 끊임없는 길에 대한 존재론적 인식으로 생겨난다. 길의 닮음은 닿음을 전제로 하며 이는 시간의 누적된 무게와 존재의 반복적인 통과로서 이루어진다. 이런 길 위에는 존재의 근본적인 여정과 마주침 속에서 발생하는 떠남과 부재라는 삶 자체의 생래적 조건에 대한 간격으로 놓여 있는 허정의 시.

이를테면 끝과 시작이 있는 길은 발걸음마다 남겨진 사람들의 그림자와 잃어버린 순간들의 잔상들이 묻어 있다. 잃어버린 잔상들은 시작을 알리는 만남과 끝을 알리는 이별과 같이 "이 슬픔은 얼마나 무거운가?// 바닥에 깔려 있는 슬픔의 누룩 // 나는 슬픔을 깨우는 의식을 치른"(「막걸리」) 장소이기도 하다. 그렇지만 이 바닥에 있는 슬픔이야말로 땅이 깎여서 길이 되듯이 고통스러운 실존적 징표로 작동한다. 이로써 이 슬픔 또한 현존재가 끌어안고 가야만 하는 순례적 삶을 긍정하는데 바탕이 된다. 마찬가지로 길고양이에게는 길이 집이 되듯이 모든 존재 역시 자신의 삶이 곧 길이며 그곳이 시작과 끝이 있는 집이기도 한 것.

그렇다면 '길은 닳는 것'이며 '집은 닿는 것'으로 삶과 죽음

을 실존적 차원에서 보면 삶은 닳는 것이지만 죽음은 닳는 것
이 된다. 길가에서 죽음을 맞이한 고양이가 "사과 향이 배어
있는 나무 궤짝 안에서"(「길냥이의 집」) 오랫동안 "살이 엿가락
처럼 꼬이고 피가 송진처럼 굳어도 하얀 비닐 속에서 썩지 않
는 꿈을 꾸며" 있는 것처럼. 누구나 맞이하는 길 위의 죽음은
최종적인 실존의 장소이며 닳아 없어지는 생명 속에서 마지막
시간이 닳았던 집이 되기도 한다.

바다로 가는 길이 어디냐고

파도에게 물었더니

돌고 돌아가다 보면

꼬리같이

지느러미같이

동네 삽살개같이

꽁무니를 졸졸 따라온 그 길이

바로 바닷길

— 「격포 바닷길」 전문

당신은 앞으로 나갈 수도

뒤를 돌아서 오던 길을 되돌아갈 수도 없습니다

당신은 현재의 풍경에 발이 묶여 있습니다

— 「아버지의 뒷모습」 전문

하나의 길 위에서 끊임없이 연결된 길은 서로 닿아 있는 관계를 증명한다. '격포 바닷길' 역시 육지의 길이 바다와 분리되지 않는다는 것을 표상하며 바다 자체가 길의 일부가 되는 지점이라는 사실을 선명하게 드러낸다. 게다가 여정과 목적지가 분리되지 않았다는 실존적 추론을 실체적으로 해명해 주는 것. 격포 바닷길을 걸어 다니면서 '바다로 가는 길을 파도에게 묻고 있는' 상황은 유한한 삶의 길이 "돌고 돌아가다 보면/ 꼬리같이/ 지느러미같이" 무한한 존재의 바다와 끊임없이 닿아 있음을 선언하면서. 길의 끝이 바다가 아니라 길 자체가 바다 일부였다는 깨달음을 증거한다. 거기에 "꽁무니를 졸졸 따라온 그 길이/ 바로 바닷길"이라는 의식은 삶과 죽음의 경계를 모호하게 만드는 실존 의식으로 나아간다.

아버지의 정지되어 버린 길을 표상하는 「아버지의 뒷모습」은 미완의 상태로 박제된 기억을 소환하는 데 있다. "앞으로 나갈 수도/ 뒤를 돌아서 오던 길을 되돌아갈 수도 없"는 상황은 '닳음의 감금'이면서 영원한 현재에 대한 '비극적 닳음'을 말한다. 길을 걸으며 닳아 없어지는 과정은 성숙과 변화를 의미하지만 나아갈 수 없게 되면서, 내면의 마모를 통한 성장이 멈춘 상태로서 시간의 비가역성(Irreversibility)을 구현한다. 이런 아버지의 시간으로 되돌아갈 수 없다는 냉혹한 진실은, 시간의 비가역성으로 이미 선택해서 걸어온 길은 절대 수정 불가능한 확정 된 선고일 뿐이다. 그렇지만 모든 시효 지난 순간

이 기억 속에서 영원히 반복되며 그것은 소멸하지 않는 무게
로서 현재에도 짊어지고 있는 것.

　　장화리에서

　　우리 헤어져요

　　내일은

　　내일의 해가 떠오르겠죠

　　오늘 우리의 만남은

　　여기까지

— 「강화 낙조」 전문

　　길이 여기서 끝나면

　　하는 수 없이

　　발길을 돌려야 하는데

　　모세의

　　바닷길이 솟아오르는 것은

―「해남길」 전문

지역적으로 강화도와 해남이라는 이 두 편의 시는 괴리적 구조를 가진다. 강화도는 시작했으나 완성하지 못한 좌절이며, 해남은 소진 끝에 도달했으나 더는 나아갈 수 없는 공허한 지점이다. 이 두 극단적인 한계에서 시인은 낭만적인 '길'의 허상을 걷어내고, 강화도와 해남이 상징하는 좌절과 소진의 비극적인 현실을 직시하게 만든다. 그것은 "오늘 우리의 만남은/ 여기까지"(「강화 낙조」)라는 사랑으로 붉게 지는 이별의 공식과 "길이 여기서 끝나면// 하는 수 없이// 발길을 돌려야 하는"(「해남길」) 막힘으로서의 바닷길을 땅끝의 구조로 가로지르며 인연의 양면성을 교차시키고 있다. 지역적인 구도를 통한 인연에 대한 시작과 끝은 '지리적 기호'로서 구축해 내면서 더는 나아갈 수 없는 비가역적인 세계를 들여다보게 한다.

4

이처럼 허정의 시편에서 등장하는 지리적 기호―이미지는 감정적 신호를 넘어 인간 존재의 근원적인 욕구와 실존적 상황을 채색하고 있다. 기존에 바다가 무한성과 혼돈성 그리고 침묵이라는 세 가지 핵심 요소를 통해 존재를 어떻게 인식하는지를 비유적으로 보여주었다면 그의 시편에서는 '시간의 닳음'을 통해 '기억의 닳음'으로 회귀시킨다. 시간의 닳음은 희미해진 과거의 사건과 감정이 선명함을 잃고 망각의 작용을 일으키지만 반대로 새로운 시간으로 현재에 몰입할 수 있는 여지를 준다. 그럼으로써 과거의 잔여물을 정화하고 비워내는 역할을 하는 것. 이로써 기억의 닳음은 닳아서 남은 정제된 존재에 대한 고찰로서 지나버린 과거가 아니라 현존재를 재구성하는 가치에의 귀환을 의미한다.

허정은 현재 속에서 이런 기호—이미지를 통해 다시 살아나는 영원성을 언어적 색채로 회복하는 것으로 과거에 머무는 것이 아니라 현실 속에의 접촉을 통해 새로운 과거를 복구하는 것이다. 시라는 형식을 통해 지나가는 시간을 언어로 박제화하고 불멸화시킬 수 있는 것은 기억의 닳음이 있기 때문이다. 그의 기억의 닳음은 시간이 모든 것을 닳게 하지만 시인의 기억이 그 닳음의 흔적에 닳음을 통해 존재의 의미를 현재로 되돌려 놓음으로써 과거를 다시 현재로 출산하게 만든다. 이는 끊임없이 밀려왔다가 되돌아가는 파도의 반복을 통해 삶의 순환, 영원회귀를 긍정하고, 그 모든 순간을 의미 있는 것으로 소급해 준다.

바다와 하늘이 서로에게 물드는 시간

붉은 노을이 둘 사이에 한 줄 금을 그을 때

채석강에서 적벽강까지

무지개 노둣돌을 놓아 다가가고 싶었던

강 건너 바다 건너 한 사람 있었네

—「메모리즈」 전문

변산에 오면
십칠 년 동안을 기다려준 애인을 만난 듯하다

휴대폰도 끄고
노트북도 닫고
파도에게 홀딱 넘어가 딴 살림을 차린다

변산에 오면
시 쓰는 것도 밥 먹는 것도 잊어버리고
애인과 함께 뒹굴 생각만 한다

—「변산」 전문

시인은 바다를 통해 사랑의 본질적인 거리를 극복하고 닳아
버린 시간과 재회하면서 본질적 자아를 완성하는 실존적 여정

을 보여준다. 이상향으로서의 대상을 은유하는 「메모리즈」는 자연의 가장 거대한 두 요소의 환영을 허물고 서로에게 스며 드는 시간을 "바다와 하늘이 서로에게 물드는 시간"이라고 언 술한다. 이는 두 존재가 완전히 융합되는 이상적인 상태로 사 랑의 합일을 의미하면서 닿음으로 경계를 무화시킨다. 사실 '메모리즈'는 "붉은 노을이 둘 사이에 한 줄 금을 그을 때"처럼 시인을 물들이고 있는 기억이 채색된 것으로 투사된다. 물론 "채석강에서 적벽강까지"는 '접촉할 수 없는' 상태에서 '닿을 수 있는' 이상적인 사랑이 체화된 것으로 보인다. 거기에 비현 실적인 거리를 '무지개'로 연결하면서 채석강과 적벽강을 건 너가려고 하는 초월적인 시도를 나타낸다.

이런 실존적 기다림 끝에 찾아온 「변산」의 경우 현실로부 터 해방되는 경험을 회화하고 있다. 특히 "변산에 오면/ 십칠 년 동안을 기다려준 애인을 만난 듯하다" 혹은 "변산에 오면/ 시 쓰는 것도 밥 먹는 것도 잊어버리고/ 애인과 함께 뒹굴 생 각만 한다"라는 인식에서 '변산'은 현존하는 장소라기보다는 사회적 화자가 세계를 벗어나 본질적인 자아를 만나는 공간이 다. 그것은 잃어버린 순수성을 표상하며 존재의 본향을 구성 하는 요소로 작용한다. 시인이 말하는 존재의 본향은 "십칠 년 동안을 기다려준 애인"으로서 시간의 닳음이 있게 한 것으로 현실에서 겪은 소외로부터 잃어버린 자신을 발견하는 데 있 다. "파도에게 홀딱 넘어가 딴 살림을 차린" 공간은 닳아버린 세계에서 이상성에 닿음으로 구축된다. 나아가 이성적 통제나 사회적 규범을 초월한 열정적 해방으로서의 사랑에 대한 환유가 아닐 수 없다.

　이같이 허정은 한 컷 닿음과 닿음 사이 고요한 정서적 변이를 색채적 기호─이미지로 현출하는 것은 "달빛과/ 별빛/ 머물다간// 빈/ 자리"(「소녀상」)에서 그 이전의 공간을 채색하고 있다. 그것은 '달빛'과 '별빛'이 빛나는 순간의 에피파니 epiphany를 말하는 것으로 본질적인 자리를 추궁하며 조응하는 것. 이런 시적 에피파니를 발산하는 시적 원리는 본향의 장소를 향해 자아를 닳아 없앤 후에야 닿을 수 있는 근원에의 의지로서 존재한다.

　이런 근원에의 의지는 존재의 본향을 향해 '묵언의 기표'로 "열린 듯// 다물고 있는// 목탁의 입"(「묵언」)을 통해 "하늘에 매달린 경전을 읽는"(「풍경 1」) 기의를 드러낸다. 거기에 "바람의 경문"(「풍경 2」)이 쏟아지는 것을 한 컷 기호─이미지로 포착하는 시. 그것도 '닳음'으로 '닿음'이 있는 모순된 세계의 "패러독스가 유영하는 창에서"(「날개」) 존재의 고독을 언어의 렌즈로 여는 시. 거기서 광대한 바다와 같은 허공 한가운데 던져진 피투성 존재를 새기는 시. "이제 말해도 된다/ 지금은"(「해감」) '에피파니의 섬광'을 한 장 한 장 '기억의 필름'에 주입하여 기호로 채색한 허정 시인의 시편에 대하여. ▨

| 허 정 |

대구 출생, 중앙대학교 예술대학원 문예창작 전문가과정을 수료했
다. 2002년 『시와생명』으로 등단했으며, 시집으로는 『중고인간』
『아보카도 나무가 있는 정원』이 있다. 현재 국제 펜클럽 한국본
부 회원으로 활동 중이다.

이메일 : heojeong1030@naver.com

현대시 기획선 150
체리와 레모네이드 노을

초판 인쇄 · 2026년 1월 2일
초판 발행 · 2026년 1월 5일
지은이 · 허 정
펴낸이 · 이선희
펴낸곳 · 한국문연
서울 서대문구 증가로29길 12-27, 101호
출판등록 1988년 3월 3일 제3-188호
편집실 | 서울 서대문구 증가로31길 39, 202호
대표전화 302-2717 | 팩스 · 6442-6053
디지털 현대시 www.koreapoem.co.kr
이메일 koreapoem@hanmail.net

ⓒ 허정 2026
ISBN 978-89-6104-415-8 03810

값 13,000원

* 잘못된 책은 바꾸어 드립니다.